L'ARRIVÉE
DES FRANÇAIS
DANS L'ERGUEL,

Le 15 Décembre 1797.

Je m'attache aux actions & non pas aux paroles. MONTAGNE.

A PORENTRUI,

De l'Imprimerie du Département du Mont
Terrible.

---

2 Nivôse, An VI.

L'ARRIVÉE
DES FRANÇOIS
DANS L'ERGUEL,
le 15 Décembre 1797.

Lafleur & Brindamour, foldats patriotes, entrent le foir chez Pierre Rateau, laboureur, du Val S. Imier, pour y loger. (a)

BRINDAMOUR : N'eft-ce pas ici chez le citoyen Rateau?

Pierre Rateau. : Oui, Monfieur le foldat; y m'appelons Pierre Rateau, à vous obéir.

Brindamour. Il femble que vous ayez bâti votre maifon au diable, tout exprès pour nous faire faire un quart de lieue de plus.

(a) Pour éviter des perféentions au digne laboureur, chez lequel cette converfation s'eft tenue, on lui donne ici le nom de Pierre Rateau; mais on peut d'autant moins en douter que dans la plupart des maifons du Val de S. Imier, les mêmes propos fe font tenus, & qu'ils fe retrouvent dans le N°. 852 de l'ami des loix, gazette foldée par le Directoire.

A 2

Pierre Rateau. Ma fi, Monſieur le ſoldat, y ſommes ben ſaché, mais note perc n'aviont pas en penſée votre viſite, quand il l'avont fabriqué.

Brindamour. Allons, allons, il ne s'agit pas de ça, vîte un bon ſoupé & un bon lit, car l'appetit ne manque pas, & ſacrebleu, nous ſommes fatigués comme des chiens.

Pierre Rateau. Pour le ſouper, y nous boutons droit à table, y le partagerons de bon cœur avec vous, y voudrions ſeulement qu'il fut meilleur, mais ma fi, y ne ſommes pas dans le pays des ortolans.

Brindamour. Ah! foutre, c'eſt un bougre de pays de loup; j'ai cru vingt fois que je me caſſerois le col en venant. Je me ſuis laiſſé tomber que je ne puis, ſacrebleu, remuer ni pieds ni pates de ce doigt-là.

Pierre Rateau. Je n'avons ſtapendant pas vu de loups au temps paſſé; pour à l'égard du temps à venir, y ne pouvons pas dire ce qui adviendra.

Lafleur. Il eſt vrai, morbleu, qu'il faut toute la généroſité de la République Françaiſe pour s'intéreſſer à des bicoques comme ceci, & venir leur faire cadeau de la liberté.

Pierre Rateau. Y ne nous attendions pas, ma fi, à tant de bontés.

Lafleur. Ah! je le crois; vous ne nous attendiez pas non plus à ſouper, car, parbleu, voilà du vin à faire danſer les chevres.

Pierre Rateau. Ma fi, c'eſt du vin du cabaret,

il n'en croit pas ici, & y n'en buvons pas, fi vous fouhaitéz de l'eau?

Lafleur. Pardi, le vin eft bien affez fort fans cela; mais, eft-ce que vous n'avez pour fouper que ces facrées pommes de terre fricaffées à la fauce de cailloux?

Pierre Rateau. Vela comme nous les mangeons, Monfieur le foldat, y voudrions avoir mieux.

Brindamour. Eh bien, facrebleu, faites-nous vîte faire une omelette.

La femme Rateau. Nous fommes ben faché, citoyen, mais nous n'avons pas d'œufs, les poules n'en font pas à Noël.

Brindamour. Mille tonnerre! nous trouverons donc par-tout le defpotifme facerdotal: voilà ce Noël qui fe trouve encore fur notre route, tout juftement, foutré, pour nous empêcher d'avoir des œufs. Ah! parbleu, on vous aura bientôt raclé tous ces bremborions-là, pour vous mettre fur un bon pied; apprenez que nous ne connoiffons que la décade, & que les faints que nous fêtons font les jolies filles, quand nous en trouvons, comme la citoyenne Fanchon que voilà, qui a, le diable m'emporte, un teint de bethrave.

La femme Rateau. Notre fille ne s'appelle pas Fanchon, citoyen; mais Auguftine.

Brindamour. Auguftine ou Fanchon, ça revient au même; toujours eft y que je parie qu'on n'en trouve pas deux de son calibre dans le village, & qu'elle m'iroit comme un bas de soye.

La femme Rateau. J'espérons qu'elle ne vous ira pas du tout. Les femmes & les filles de ce pays sont attachées à leurs devoirs de religion ; elles n'en voulont pas changer, & si ce sont des dévergondées que vous demandez, vous pouvez bien, citoyen, aller ailleurs.

Brindamour. Parbleu, citoyenne, vous vous montez pour rien comme une soupe au lait, on voit bien que vous n'êtes pas à la hauteur de la révolution, mais cela viendra avec le temps. Dites-moi, citoyenne, l'homme n'est-y pas fait pour la femme & la femme pour l'homme ? Ne mangez-vous pas quand vous avez faim ? eh bien ! c'est tout de même ; quand on est d'accord, tout est dit ; quand on ne l'est plus, bon soir c'est la même chose, & on ne va pas pour cela flanquer son argent comme des grands-cousins, à la gueule des notaires ou des prêtres.

La femme Rateau. Y ne contrarions pas vos idées, citoyens, mais je ne voulons pas les suivre ; & en vous payant ce que je payons au Prince, j'espérons qu'on nous boutera en repos sur le reste.

Lafleur. Ah ! pour payer, cela est sacrebleu bien juste, car foutre nous ne pouvons pas venir ici pour rien, & il faut bien que vous fournissiez aux besoins de la République comme les autres ; mais y a-t-y loin d'ici à Berne, car, parbleu,

nous ne voulons pas toujours rester sur cette
bougre de montagne, nous sommes curieux de
voir les ours, nous voulons leur apprendre la
carmagnole, ça sera drôle.

Pierre Rateau. Y n'y a pas ben loin d'ici à
Berne, mais palsengué, par-ci, par-là, le chemin
est méchant. Le pied peut lucher sur les rochers
qu'on descend un peu trop vîte; on peut se cham-
per dans un lac ou dans un autre; on peut bailler
du nez contre la chapelle des Bourguignons à
Morat. Oh! y n'y a pas à dire, les ours étiont
de bons amis, de bons voisins; ils étiont ben
polis & ben honnêtes à l'endroit d'un chacun;
mais ma fi, si on les chagrine à plaisir, & qu'on
les attaque, ils avont, pargué, des ongles au
bout des pates & un fier ratelier dans la gueule

Lafleur. Eh bien! nous irons pour leurs couper
les ongles, & leur arracher les dents.

Pierre Rateau. Ma fi, y ne voudrions pas être
le dentiste, toujours.

Lafleur. N'est-il pas juste d'aller délivrer de la
tyrannie, des braves gens qui nous attendent à
bras ouverts?

Pierre Rateau. Y n'est pas toujours sage de
se bouter entre des bras ouverts; quelquefois y
se refermjont si fort qu'y vous coupont le sifflt.

Lafleur. Oh! il y en a, parbleu, dont nous
sommes bien sûrs, & qui nous donneront un bon
coup d'épaules; les habitans du pays de Veaud pensent
comme nous, & nous les regardons déjà comme

A 4

des Français ; le canton de Bâle eft compofé auffi
de bons républicains qui font à la hauteur de la
révolution ; auffi fi nous lui prenons quelques
villages qui font notre pré quarré, c'eft pour
lui donner le Fricthal qui vaut infiniment mieux,
& il en fera quitte pour fept ou huit millions
de dédommagement. Geneve auffi nous convient
pour une place d'armes, & nous ne pouvons nous
en paffer ; Mais, parbleu, ce fera le bonheur des
habitans ; car ces bougres-là fe mangent depuis
trente ans, fans pouvoir s'entendre, & il faut
bien à la fin que quelqu'un y mette la paix.

Pierre Rateau. Pargué, fi la République Françaife voulont avoir tout ce qui la touche, elle
ira bentôt jufqu'au pays où les grenouilles portont
la hôte. Palfengué, quand vous fabriquez des
échanges, il faudroit bailler au moins ce qu'eft
à vous, & non pas ce qu'eft aux autres. Y ne
favons pas ce qui adviendra, mais la farabande
de la Belgique & de Venife avont appris aux
autres à ne pas fe laiffer amorcer de paroles, &
y ne croyons pas que les Cantons qui avont toujours été d'accord pour leux liberté, fe divi-
feront pour courir après des parpillons.

Lafleur. Belle bougre de *liberté* que celle qu'on
trouve dans la plupart des Cantons, & fur-tout
dans celui de Berne ; eft-ce que leurs terres ne
font pas grévées de toutes les redevances féodales
qui avoient écrafé le peuple François.

Pierre Rateau. Eh ! ma fi non, le peuple y

eft content & heureux ; s'ils payont des redevances elles avont fait condition dans l'achat, & le prix en avont été diminué d'autant. Que je payons le prix d'un arpend tout de fuite ou en détail par des redevances qui étions réfervées d'accord, la droiture fe trouvont dans l'un comme dans l'autre.

Lafleur. Pouvez-vous dire que dans un grand nombre de lieux, les droits de l'odieufe main-morte ne fubfiftent pas, ce qui empêche l'agri-culture de profpérer, & force à déferter les terres.

Pierre Rateau. Ma fi, oui, je le dirons, y foutenons qu'on ne trouvera pas un feigneur qui héritont au préjudice des enfans légitimes, & que nul part les terres n'étiont mieux cultivées ; c'eft pargué une fiere gobe de dire qu'ils y défertiont les terres ; jarnigoi ceux qui vous avont racontés ces fariboles voudriont ben en avoir avec leux charges.

La Fleur. N'eft-ce pas une indignité de voir comme les habitans y font impunément volé par les receveurs des Baillifs, avec le piton ou la raclette.

Pierre Rateau. M'eft avis que les citoyens de la république Françaife, bailleriont ben encore queuques fols de cloche pour n'être pas plus raclé.

La Fleur. Mais, vous ne difconviendrez pas que les fujets de Berne payent de leur bourfe l'établiffement & l'entretien des routes & des édifices publics ; qu'ils payent également celles de police , de leurs municipaux & de leurs prêtres.

Pierre Rateau. Pargué , un moulin ne pouvont pas tourner fans eau ; ma charrue ne rouleriont pas fi je n'aviont pas des bœufs pour y atteler ; c'eft tout de même : y faut-ben bailler des fecours pour le roulement du grand ménage. Mais ce qu'ils payont pour les routes eft mafi ben employé ; car ils pouvont ben dire qu'il n'y en a pas de plus belles.

La Fleur. A la bonne heure ; mais après s'être emparé des biens des anciens hôpitaux , n'eft-il pas affreux que chaque commune foit obligée d'entretenir fes pauvres.

Pierre Rateau. C'eft pargué ben fage ; & la preuve c'eft qu'il n'y avont pas de pauvres qui ne foyiont foulagé. Les grands hôpitaux étiont entretenu, que ça fait plaifir à voir ; les malades n'y manquont de rien , & jufqu'au Chalevert les prifonniers y avont une nourriture que vous voudriez pargué ben , citoyens, trouver quelquefois à la caferne.

La Fleur. Je me fiche autant de leur chat vert que de leur chat jaune ; cela ne m'empêchera pas de dire qu'il eft ridicule que les fujets foient obligé de fe pourvoir à leurs dépends d'uniformes , d'armes , de munitions ; qu'ils foient tenu d'affifter par an à leurs frais à quatre revues & à dix-huit exercices ?

Pierre Rateau. S'ils payiont pour cela , la dépenfe ne feriont peut-être pas fi économique que quand ils la faifont eux-mêmes ; & comme ils étiont tous foldats pour la défenfe de leur pays , il étiont de leur intérêt de ben favoir la rubrique de la guerre. Auffi ce n'eft pas pour dire une chofe ni une autre , mais il ne manque ni fer ni cloux à leur veture ; & ma fi , Citoyens, fauf votre refpeét , on n'en pourroit pas dire autant des vôtres.

La Fleur. Bath ; les bons républicains s'mba-raffent ma foi bien peu de tout cela ; nous aimons mieux l'argent que ces bêtifes là , & nous en ferons dédommagés fur le milliard qu'on nous garde.

Pierre Rateau. Ils en avont mafi ben affez pris de tous côtés pour vous en bailler quelques bri-ques ; mais il m'eft en penfée que ce milliard fonnera ben plus dans la gazette que dans vos gouffets.

La Fleur. Eh bien ! la Suiffe nous le payera. Depuis fept ans la république Françaife lui a foutre affez donné d'écus pour qu'elle en recrache quelques-uns au baffin.

Pierre Rateau. Jarnigois, ce n'eft pas le tout d'être républicain, il fallont encore être jufte : ce n'eft pargué pas votre grand livre qu'avont ben enrichi la Suiffe ; & les centaines de millions qu'elle aviont prêté à la France ne deviont pas fe rembourfer en paroles : fi depuis fept ans, ils avont baillé de l'argent, n'avont'y pas eu par contre les chevaux & les bœufs du pays ? Eft-ce par équité qu'ils devont avoir la marchandife & le prix ? Les foldats loin de vouloir tarabufter les Suiffes, devriont au contraire ben les remercier ; car fans eux vos foupes auriont été diablement maigres, & vos centines fierement grêlées : ah ! mafi, y n'y a pas à dire, mais y croyons que les habitans de Berne, contre lequel vous dégoifé, ne troqueriont pas leux liberté contre la votre.

La Fleur. C'eft-à-dire, à vous entendre, que ces habitans là font heureux.

Pierre Rateau, Ils étiont tranquils, protégés, fecourus ; les perfonnes y étiont en fûreté comme les biens ; la juftice y veilliont à l'endroit d'un chacun ; l'agriculture y étiont encouragée ; le commerce aĉtive, & le travail joint au ménagement y affuront toujours l'aifance. Oh oui ! fans doute, ils étiont heureux, & y bailleriont ben tout-à-l'heure tout mon fang pour que ces pauvres miférables enfans que voilà agripions un bonheur femblable.

La Fleur. Mais facrebleu, Pierre Rateau, vous êtes donc fol ? Comment foutre, vous fouhaitez pour vos enfans un autre bonheur que celui de républicain Français ? mais vous n'avez donc pas lu la proclamation du commiffaire du Direĉtoire qui eft venu avec nous ; je l'ai juftement dans ma poche, je vais vous en faire leĉture ; morbleux, vous verrez.

Pierre Rateau. mafi y ne la connoiffons pas encore, y ferons ben aife de l'entendre.

La Fleur. La voici ; écoutez.

LIBERTÉ. ÉGALITÉ.

PROCLAMATION

*Au nom de la République Française ; paix &
salut à tous ses amis.*

Pierre Rateau. C'est pargué de tous les sou-
haits le plus beau que celui de la paix, & que le
ciel vouliont qu'il s'exauce ; mais jarnigoi pour la
vouloir de bon cœur la paix, il ne faut vouloir
que le sien & ne pas chercher noise aux autres.

La Fleur continuant de lire.

» Mengaud commissaire du Directoire exécu-
» tif, aux habitans de tous les pays non encore
» occupés par la république Française des dépen-
» dances du ci-devant évêché de Bâle, sur la rive
» gauche du Rhin.

Pierre Rateau. Ce n'est pas un mensonge y
sommes ben sur la rive gauche du Rhin, & s'ils
vouliont aller par-tout jusques là, il y en aura pargué ben d'autres qui seront encore parcipité avec
nous dans la république Française.

La Fleur. Laissez-moi donc lire.

» CITOYENS,

» La réunion d'une partie de la ci-devant
» principauté de Porentrui décida également l'in-
» corporation de vos contrées à la République
» Française.

Pierre Rateau. Comme ils n'avont pas pris note
avis là dessus y faut ben que j'acception la déci-
sion.

La Fleur. Sacrebleu, ne m'interrompez pas.

» Cette démarche de la France est celle d'un
» peuple libre substitué aux droits du gouverne-
» ment contre nature qui vous accable ; & de
» ce que l'exercice de ces droits devenus les nô-
» tres, n'a pas eu lieu plutôt en les épurant de
» tout ce qui est incompatible avec la dignité de
» l'homme, il ne s'enfuit pas que nous ayions
» oublié que vous êtes encore dans les fers, nous
» venons les briser. »

Pierre Rateau. Dans cette file d'écriture y a
des choses que je n'entendons pas. Y difont que
j'étions d'un gouvernement contre la nature ! mafi y
ne favons pas les livres ; mais, jarnigoi, javions un
prince qui étiont ben doux, ben humain, qui
nous aimiont ni plus ni moins comme j'aimons
ces enfans, qui nous traitions tout de même ;
& pardi y ne voyons rien la contre la nature.
Quand à l'endroit de nos fers ils étiont faciles à
brifer, car y ne favons pas ce que c'est, & y n'en
voyions qu'à nos charrues & aux pièds de nos chevaux.

La Fleur. Mille bombes, finissez-donc vos
observations, ou lisez vous-même. *Il continue à
lire.*

» Plus heureux que vos peres dont le fang coula
» dans les guerres qui fonderent les différentes
» especes de gouvernemens de la Suisse, & qui
» ne vous ont procuré qu'une existence onéreuse
» & dégradante ; vous allez enfin jouir des bon-

» tés de la Providence, qui ne créa les hommes
» que pour en faire les membres d'une feule &
» même famille. »

Pierre Rateau. Ah mafi ! il eft ben vrai que tous
les hommes devriont vivre comme des freres fans
fe chicaner & fe tarabufter les uns les autres. J'é-
tions comme ça, monfieur le foldat , tous ben
contens & ben heureux ; mais comme y faut mourir y ne faviont pas fans vote pencarte que javions
vécu en dégradé.

Brindamour. Sacré mille tonnerre , vous ba-
billez comme une Convention, laiffez donc lire La
Fleur jufqu'au bout , foutre.

La Fleur acheve de lire.

» Vous ne connoiffez que les dixmes , les cor-
» vées , &c. Vous n'aviez que des prêtres ,
» des nobles, des privilégiés ; votre commerce ,
» votre induftrie, vos arts, jufqu'à vos fubfif-
» tances enfin, tout portoit l'empreinte du def-
» potifme facerdotal , fi habilement amalgamé à
» une tyrannie non moins odieufe. Aujourd'hui
» vous êtes des hommes ; la liberté, l'égalité
» ne fouffriront plus parmi vous d'autres diftinc-
» tions que celles du mérite , des talens & des
» vertus.

» Appellez tous indiftinctement au gouvernail
» de la fociété, à l'entretien & à la fûreté de
» laquelle vous êtes auffi tous également inté-
» reffés, vos fubfiftances fe trouveront déformais
» affurées : les greniers de la république Fran-

» çaiſe étant la propriété de tous ſes enfans.
» Votre commerce favoriſé au dedans, protégé
» au dehors, n'éprouvera plus d'entraves ; l'in-
» duſtrie, les arts, l'agriculture recevront les
» encouragemens qu'ils ne peuvent attendre que
» d'une Nation victorieuſe, libre, puiſſante &
» généreuſe, éclairée ſur la nature de ſes droits
» & ſur la maniere de les exercer. Sachez appré-
» cier ces avantages, & méritez-les en fermant
» l'oreille aux inſinuations intéreſſées & perfides
» des malveillans & des ſots qui chercheroient à
» en affoiblir le prix à vos yeux & à vous égarer.
» Nous venons chez vous en amis, nous ſom-
» mes vos freres, ne redoutez aucuns mauvais
» traitemens ; les propriétées & les perſonnes
» ſeront protégés autant que les ennemis de la
» liberté ſeront comprimés. La diſcipline la plus
» exacte & la plus ſévere ſera obſervée par des
» guerriers qui, juſqu'ici, n'ont eu d'autres enne-
» mis, & n'en auront jamais que ceux de la
» liberté ; tels ſont les ordres du Directoire exé-
» cutif. *Signé* MENGAUD. »

Pierre Rateau. Y vous l'avons déja dit, y ſommes tous prêts à payer à la république tout ce
que je devions au prince, & tout ce que je lui
payions.

Brindamour. Parbleu, vous vous moquez : vous
voyez qu'on vient pour vous affranchir du deſpo-
tiſme, pour vous ſortir de la tyrannie ; ce n'eſt
foutre pas pour vous demander ce que vous payez

à

à vos tyrans, à vos defpotes ? Vous ne payerez que comme tous les citoyens de la république Françaife.

Pierre Rateau. Mafi c'eft que y ne favons pas ce qu'ils payont & quelles font leurs charges ?

Brindamour. Ma foi, je ne les connois pas trop non plus, & il faudroit pour cela avoir le rôle ; mais la plupart ne vous regarderont pas, & les avantages que vous receuillerez, ne vous permettront pas feulement d'y penfer. D'abord, vous aurez au moins dans chaque village un arbre de la liberté.

Pierre Rateau. J'aimerions parguez autant le voir dans le bois, y feriont verds ben plus long-temps.

Brindamour. Si vous êtes ennuyé de votre femme, que vous ne puiffiez plus vivre avec elle, qu'elle devienne trop laide ou trop vieille, vous irez fans façon dire aux Officiers-municipaux qu'elle ne vous convient plus, & que vous en prenez une autre.

La femme Rateau. Bien obligé, citoyen, de vos avis ; mais vous pouvez aller prôner vos gueuferies ailleurs, mon mari n'a pas befoin de vos confeils.

Brindamour. Vous avez tort de vous fâcher, citoyenne, car vous pouvez parbleu ufer de ce droit-là comme lui. Eh puis ! je ne dis pas à votre mari de le faire ou de ne pas le faire, liberté, *libertas* ; mais mille tonnerre, on ne peut pas non plus

B

m'empêcher de dire mon avis ; & quand à moi
je soûtiens, sacrebleux, que ça est commode ;
car comme dit la chanson, le changement de
corbillon fait ma foi trouver le pain bon. Mais
puisque ça vous fait de la peine, citoyenne Rateau, passons la main là-dessus, voici au moins
des choses qui vous feront plaisir.

Vous ne serez plus fatigués ni de cloches, ni
de sermons, ni de jeûnes ; vous n'aurez pas plus
de prêtres ou de ministres que de grands diables ;
& s'ils veulent encore vous tourmenter de leurs
pantalonades & de leurs fariboles, vous pourrez,
sans inconvénient, les envoyer faire foutre, ou les
faire fusiller en les dénonçant, ce sera comme
vous voudrez.

La femme Rateau. J'avons nos principes de
chrétienneté, citoyen, y ne voulons pas en
changer ; ainsi ces avantages là ne nous conve-
nont pas plus que les autres.

Brindamour. Eh bien ! parbleu, vous les laisse-
rez là, chacun s'arrange à sa guise ; & si vous
n'êtes pas contente d'un ministre, je veux foutre
vous faire encore cadeau de mon curé, &
je ne vous demande rien de retour ; je crois par-
bleux qu'on ne peut pas être plus honnête : après
cela vous jouirez du droit de porter la cocarde
tricolore ; vous aurez le titre de citoyen, & vous
ne donnerez que cette qualité à tout le monde
même, sacrebleu, quand vous parlerez au grand
Mogol ou au grand Turc.

Pierre Rateau. Tous ces droits là ne renflont mafi pas beaucoup la bourfe.

Brindamour. Mais, tout cela n'eft que de l'honorifique. Vous avez là deux garçons, eh bien ! à dix huit ans ils feront foldats Français, il paroît qu'ils feront de bons bougres ; ils peuvent facrebleux devenir tout ; lieutenant, capitaine, général de brigade, général d'armée, fourniffeur de vivres ; on ne fait foutre pas ce que ça vaut en tems de guerre.

Pierre Rateau. Mafi y ne leux fouhaitons pas d'être général toujours ; d'après ce que j'avons vu, y ne voudrions pas mettre en rente fur leux têtes.

Brindamour. Tout ça eft une loterie. Vous aurez des affemblées primaires ; s'ils favent carabiner à propos quelques paroles de livre, ils pourront morbleu, devenir juges, adminiftrateurs, légiflateurs, miniftres, directeurs exécutifs ; & alors, foutre, on a des miriagrames par deffus la tête.

Pierre Rateau. Ou ben on va tout droit à la Guyane comme la gazette l'avont chanté ces tems paffés. Ah mafi ! il eft ben plus fûr de cultiver fon champ.

Brindamour. Rien que l'almanach républicain vous donne, morbleu, déja à chacun trente livres de rente.

Pierre Rateau. Tout de bon ?

Brindamour. Oui, le diable m'emporte. N'eft-il pas vrai que vous faifiez les dimanches & une foule d'autres brinborions de fêtes de la mere.

B 2

Bobi ? Eh bien ! vous ne chaumerez plus que la Décade , vous aurez par an une dixaine de jours de travail de plus ; à un écus chacun , ça ne fait-il pas trente livres ?

Pierre Rateau. Et on n'a pas la peine encore d'en bailler quittance. Oh , oui , y voyons ben les avantages y font ben grands , mais c'étoit les impôts que je sommes curieux de savoir.

Brindamour. C'est une misere, presque rien ; il y a des droits de contrôle , mais en ne faisant point d'actes , ça ne vous regarde pas.

Il y a des droits de centieme deniers ; mais ce font les héritiers qui les payent , cela vous est , parbleu , bien égal.

Il y a des droits d'insinuation ; mais ils ne se perçoivent que sur les acquisitions , & , pardié , on n'achete pas tous les jours.

Il y a des droits d'hipotheques ; mais ils procurent la sûreté des acquéreurs , & , parbleu , dès lors ils ne peuvent pas s'en plaindre.

Il y a aujourd'hui des droits sur les cheminées ; mais vous n'en avez pas beaucoup , & cela ne peut pas vous faire sensation.

Il y a des droits de timbre ; mais vous ne faites ni billets , ni lettres de change ; vous n'avez pas non plus le goût des procès , ainsi vous vous en mocquez comme du Pape.

Il y a des droits de patente ; mais ils ne regardent que les marchands , les gens de métier , les voituriers ; ainsi ça ne vous fait pas d'un zeste.

Il y a les paffe-ports à l'étranger qui coûtent à la vérité un peu chers ; mais, mille tonnerres, la République Françaife eft aujourd'hui, je crois, affez grande pour qu'on n'aye pas befoin d'en fortir ; ainfi ça ne vous fait pas plus que les mouftaches de ce chien.

Il y a des droits de paffe fur les chemins de l'intérieur ; mais il n'y a que les pieds poudreux qui en font victimes, & comme vous n'avez pas la paffion des voyages, en reftant chez vous, vous vous en fichez comme de l'Alcorant.

Il y a un impôt mobiliajre ; mais vos meubles ne font pas d'une grande valeur, & ce droit n'intéreffe guere que les riches des villes.

Il y a des charges locales ; mais dans ce pays-ci, elles ne peuvent pas être confidérables.

Il y a l'impôt perfonnel ; mais la République protege tous les individus ; ainfi il eft bien jufte, facrebleu, que chaque tête lui donne quelque chofe pour cette protection.

Voilà à peu près ce que j'ai ouï dire ; & comme vous voyez, vous n'aurez guere à payer que quelques dons patriotiques, quelques emprunts pour la confection & les réparations des routes, l'entretien de la marine, la defcente en Angleterre & autres objets de cette nature ; & l'impofition ordinaire ou foncière qui, fuivant la loi, ne doit jamais excéder le quart du revenu net de vos terres.

Pierre Rateau. Ah ! mon Dieu ! ah ! mon Dieu !! où que je fommes champé ?

Brindamour. Je crois, parbleu, que vous vous plaignez ? est-ce que vous n'êtes pas débarrassé de la tyrannie de vos Seigneurs, & du despotisme sacerdotal, est-ce que vous ne payiez pas cent fois plus à vos tyrans?

Pierre Rateau. Monsieur le soldat, comme y faut mourir, y vous promets que je n'avons jamais connu le citoyen despotisse, ni le citoyen sacerdotale, y ne payons à note Prince que la dixme au treizieme, sur quoi il fournissiont la pension des Ministres, des officiers publics & tous les frais quelconques. Le propriétaire qui aviont feu, payiont après cela quinze cruches ; moyennant quoi j'aurions pu faire un commerce de cent mille écus, si je les avions eu, sans payer une épingle de plus ; & pis voilà tout ce que je payions ; & pis y n'avons jamais baillé une obole de plus.

Brindamour. Quoi ! est-ce que vous n'êtes pas assujettis aux corvées, aux bannalités, aux droits de guet & guardes, de moissons, de focage, de mutation, de main-morte ? Est-ce que vous ne payiez pas l'établissement & l'entretien des routes & des édifices publics, temples, magasins & autres pareils? Est-ce que vous ne fournissiez pas aux dépenses des maîtres d'école, de vos municipaux & de vos prêtres ?

Pierre Rateau. Ah ! mon Dieu ! y ne connoissions pas un mot de tout cela, y vous le jurons, Monsieur le soldat, comme vous êtes un brave citoyen, & il n'y avont que quelque gueux qui avont pû dire le contraire. C'est peut-être ce gredin de Liomin qui, après avoir été receveur du Prince & avoir été comblé de ses dons, lui avont fait cent sottises par après, & avont fabriqué tous les mensonges possibles, à cette fin de faire au pays tout le mal de l'enfer. Il s'en mocquont, attendu qu'il avont vendu tout ce qu'il y possédiont.

Brindamour. Eh bien ! il falloit jetter ce bougre-là dans la riviere, car, foutre, les traitres ne font bons qu'à cette sauce-là.

Pierre Rateau. Ma fi, fi la chose étiont arrivée, il auriont été vîte pleuré.

Brindamour. Allons, allons, pere Rateau, prenez courage, vous vous habiturez avec nous; vous verrez que tout ça s'arrangera mieux que vous ne penféz. Pour nous, nous allons nous coucher, car nous fommes diablement fatigués; bon foir, pere Rateau & toute la famille.

Pierre Rateau. Adieu, citoyens, bon foir; y vous fouhaitons une nuit meilleure que celle que je pafferons.

F I N